KB242050

모아드림 | 21세기 | 기획시선 ㉒

비어 있음의 풍경

윤강로 시집

2001
모아드림

비어 있음의 풍경

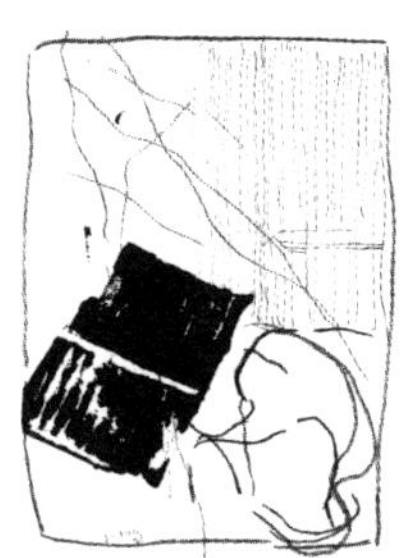

■ 自序

한 해가 저무는 겨울, 다섯 번째 시집을 내놓는다. 시는 태양열처럼 무한한 나의 인간 자원, 숱하게 몰려가는 방향에서 이탈하여 잠적과 자기 반역의 길을 계속 갈 것이다. 나의 시여, 떠나라. 외면하는 자에겐 익명의 자유가 되어 주눅들지 말라. 혹시 깨어 있는 자가 있거든 따뜻하게 변신하여 그의 편이 되어라. 나의 시는 환청이 아니다. 삶의 체감온도다.

시집을 펴내 준 《모아드림》이 고맙다. 시집을 낼 적마다 귀한 그림과 표지화를 챙겨주는 오수환 화백의 우정에 감사를 드린다.

2000년 12월

윤강로

차 례

■ 自序

1부

2부

차 례

3부

1부

작은 것들에 대하여

한낮 허공에 가득한 빗소리
항아리에 담긴 시든 안개꽃이 마루바닥에 지니, 순결한
몰락이다 무너지는 소리를 키우지 않은 안개꽃의 목숨은
등불 켜지 않아도 별꽃이다
유리창에 굴러내리는 빗방울은 어느 아득한 나라로
향하는 묘연한 잠적인지…… 순하고 억울한 사람들은
컴컴한 뒷소문 남기지 않고 사라지는 빗방울
빗방울은 차가운 벽에 손톱을 세울 줄 모른다

빈 산에 잔 돌멩이 굴리며 넘어가던
어깨 젖은 사내가
아기똥풀 곁에서 오줌을 누고 있다
하늘에 오르면 별이 되는
작은 것들
나는 지금 말간 술잔에 떨어지는 눈물 한 방울이다

동백꽃

싸늘한 명주실바람이
동백꽃 몇 송이 목을 베었다
밤에는 동백나무숲에 가지 말아라
노랑저고리 붉은치마 입은 여자 만난다
차디찬 땅바닥에 뺨을 대고
애처로이 눈을 감는 동백꽃
하늘 향해 누워
머리 풀고 헤매이는
바람떼 보다가
한숨 희미하게 체념하는 동백꽃
이승에 핏빛 원한 품고 목 잘린
사연은 무엇이었을까
붉어서 촌스런 꽃
꽃이 되어 또 목 잘린
참수(斬首)의 꽃
뒤돌아서 한참을 가도
고운 혼백의 하소연 따라온다
동백숲 아래 벼랑엔
파도가 밀려와 이를 갈며 부서지는데

차라리 칼 물고 죽었으면
꽃이야 되었을까

매운 계절 피고지는 꽃이
순탄하게 살 리 없지
해풍에 가슴 말리다가
빠알간 동백꽃
또 한 송이 진다

지우개

지우고
지우고
또 지웠다

사랑했던 여인은 백지
뜨겁고 추운 이야기를
산만큼 쓰고
바다만큼 그리면
백지는 종이새가 되어
창백하게 떠났다

사랑은 비밀
비밀은 인생의 재산
비밀은 지워지지 않는데
지우개는 많이도 닳았구나

뜨겁게 지우고
차갑게 닳아가는
지우개.

봄밤에

인왕산 너머로 하루 해가 동전 한 잎 짤랑 떨어지고…
밤하늘 낡은 인공위성이 별똥처럼 날아가며 날 찍는 게
보인다
내 세상엔 지금 봄의 기류가 흐른다
말짱 비어서 헤매던 발자국의 궤적을 지워버려라
가슴이 뜨거워서 창문을 열고 올려다보는 내 심사도
찍고 있니?
낡은 인공위성이 털털털 웃고 있다
순수를 꿈꾸는 철없음이 네 카메라에 찍히는 건
쑥스러운 일
그러나 어쩌니
깊어가는 봄 밤에
낸들 어쩌니

겨울에서 봄 사이

겨울강엔 철새떼 울음소리
건너편 초라한 마을 지붕은
아직 누더기마냥 잔설을 이고 있다
이번 겨울에
어머니 여의니
삶의 고향을 찾을 길 없다
나목(裸木)
뼈저리게 홀로 서는 마음이다
메마른 목숨으로 서걱이는 마른 풀인들
찾아올 이름이 남았겠느냐
산천을 휘젓던 매운 바람마저
볕살에 기진하여 누운 시들한 길에
바래고 성긴 머리카락 날리며
두보(杜甫)를 닮은 사내가
걸어가고 있다

후투티 후투티새여

강화섬 외진 풀밭에서
고운 새를 보았네
네 이름이 무어냐고 물으니
후투티 후투티새라 하데
재빠른 걸음으로 배회하다가
날아오르는데
황홀하여라
아메리카 인디언의 머리깃관(冠)
눈부신 무늬의 날개

나도 저렇게 날을 수 있을까
양팔을 벌리고 하늘을 보니
아 이렇게 앙상한 비상의
몸짓으로는 갈 곳이 없네
어느새 후투티새 자취는 사라지고
숨죽여 서 있는 아득한 귀에
해조음이 밀려왔네
후투티
후투티새여

반딧불이

가평군 이화리 산마을
새가 기이하게 우짖고
저문 하늘을 찾아간다
반딧불이는
어느 애처로운 야생화의 영혼일까
별똥이 주르륵 흐른다
반짝이는 건 그리움마저 차갑다
검푸른 밤하늘에
새로 태어난 별들이 가득하다
어둠으로도 빛날 수 있는
얼굴이 되면 좋으리
가늘게 날이 선 초승달이
수려한 능선 모퉁이에 걸려 있다

비어 있음의 풍경

꽃나무여
'키이츠'가 말했다. 아름다움은
영원하다고

허상의 이름으로 번쩍이는 사람은
나의 꽃나무가 아니다
꽃나무여 그냥 꽃이었던 사람을
그리워하면서
너에게 기댄다
어둠일수록 꽃색깔 영롱하던 이름은
별똥처럼 익명의 흔적으로 지워지고
남겨진 허공은 진실만큼 청명하다

봄날 해 저물어
네 곁에 머문다
네 곁에서
가벼이 몰락하는 꿈
화창하게 절망하는 허무주의로
자꾸 부서져 날린다

꽃나무여
너를 안는다
거리엔 녹슨 이름의 문패가 즐비한데
내 집도
거기에 있다
꽃나무여 나는 너의 꽃잎이다

물수제비 뜨기

마을 개구쟁이가 조약돌을 던진다
조약돌이 문당문당 물비늘에 튕기고
햇살에 튕기고 멀리 고운 파문이 된다
온몸에 불볕 화살이 눈부시게 꽂힌다
나도 돌 하나 골라 빗금으로 날린다
돌멩이가 꼴깍 익사한다
돌이 닿는 순간 어둠이 되는 수면
언제나 그랬다, 내가 던진 건 어둡게 침몰했다
개구쟁이가 돌아서 간다
녀석의 건강한 잔등이가 바보 바보 하는 것 같다
내가 던진 건 언제나 허망한 무게
반짝이는 물비늘인 너와, 금빛살로 부서지는
땡볕인 너와, 푸르게 울어 예는 속 깊은
강물인 너의 위를
간지럽게 매끄럽게 스쳐서
돌의 자유가 닿는 곳
그곳의 고운 파문을 꿈꾸면서
햇살 한 줄기의 뜨거움이 된다
짙푸른 여름산 그림자가 떠가는 강

건너편 병풍처럼 막아선 청산 배경으로
날으는 하얀 해오라기는
누가 던진 넋의
적막한 환생이냐

장마전선

자살처럼 눈감고 내리는 비
밤거리는 빗물로 번들거리는
흡혈귀의 입술
비가 비와 만나서
들꽃과 만나고 싶다라고 속삭인다
어둠 속에서 들꽃이 나타난다
들꽃이 별의 눈물만큼 웃는다
헤드라이트 불빛이
들꽃을 지나간다
빗줄기가 하얗게 눈을 흘기며
길바닥에 내리꽂힌다
종적없이 지워진 들꽃이
숨어서 젖고 있다

여름잠

뭉게구름 피어오르면 숲의 침묵은 더욱 깊다
너는 시끄럽게 사는구나. 푸른 목숨이 되어
잠잠하라. 거리를 지나 길을 버리면 오솔길,
열망으로 뒤척이던 해 저물어 하얗게 바랜
그림자 데불고 숲으로 들어가리. 숲속에서 비 온 후
골짝물처럼 속끓이다가 여름잠을 청하면
누구의 고운 짓인지, 나의 '청색시대' 푸르게
물들이는 잠의 평화인지, 꿈길을 밟고 가는
몇 개의 발자국에 몇 개의 설운 장면도
있지만, 푸르게 물든 빈 자리마다 풀벌레
가 울고……

모닥불 1
― 안면도에서

불면의 눈까풀이 떨린다
무엇을 위해 젖어서 살았는지……
모닥불 등걸은
먼 태고적부터 헤매이던
억울한 짐승의 등뼈처럼
연기를 피워올리며 까맣게 누워 있다
가슴엔 야생으로 흘러 온 그리움이
불티로 날려!
아직은 미명
불빛을 에워싼 어둠 속에서
흰 맨발의 여인이
걸어온다

모닥불 2
― 안면도에서

미친 바람의 손갈퀴가
숲의 머리칼을 쥐어뜯는다
부풀어오르는 거센 물결이
방파제에 부딪히며 신음한다
통곡하며 엎드린 바위에 서서
실성한 여인이 노래를 부른다
희끄므레한 소복의 언저리에
망령들의 숨소리가 떠돌고
모닥불이 사위는데
여인이 빗자루를 휘저으며
캄캄한 허공을 쓸고 있다
아 바닷가 산발한 밤이 깊은데
여인이 모닥불 속으로 들어가서
하얀 불꽃으로 타오른다
불꽃이 희미한 여인의 노래를 부른다
불꽃이 한(限)의 춤을 추며 죽어간다

행복한 순간

한여름 짙푸른 고요 속
무심히 풀줄기 짓씹으며 앉아 있으려니
반응하고
표정짓고
흔들리는
일상의 시시한 불꽃놀이 우습다
그러나
절망의 열정으로 달구어지는
떨림도 있다
이따금 뻐꾸기 한가로운 소리에
산은 그냥 산이고
놓여진 채 온전한 모든 것이
아름다워라

목선(木船)

멀리 물러난 회색 바다에
섬이 엎드려 있다
사내가
낡은 목선에 기대어 서 있다
배가, 섬이, 사내가 있다
보이는 것에 묶이지 않은 시선으로
눈뜨고 있는 사내는
목선보다 더 무뚝뚝하다

물새가 암회색 구름 비낀 하늘 배경으로
날고 있다
날카로운 바람이
귓전에서 휘파람 분다
배가, 섬이, 사내가, 물새가, 바람이 있다
모두 지친 방랑자의 무표정
광막한 무표정이 있다

2부

목포일기

「거기 섬이 있었네」 주점 마당에서
술을 마신다
왜 찬 술을 떨며 마시지?
가슴이 뜨거워서 찬 술을 마신다네
목포의 밤바다가
술잔 곁에 와서 출렁인다
낡은 울음이 되어
목쉰 웃음이 되어 출렁인다
정박한 배들이 컴컴하게 삐걱인다
건너편 희미한 조명 아래
포크레인이 목을 꺾고
허물어지는 것들의 꿈을 꾼다
낙엽의 등어리같이 초라한 바람이
다가와서 안긴다
사는 게 추워요
사는 게 목말라요
못 견디게 안긴다

적막 스케치

까나리젓 담그는 안면도 마을
개펄 멀찍이 물러난 바다가
은빛으로 반짝인다
들풀 같은 사람이 살던 납작한 집
눅눅한 방안에 널린 삶의 잔해들
가난의 껍질이듯 헌 옷가지 걸려 있다
어둠이 가득한 퀭한 창문은
집 버리고 떠난 주인의 눈을 닮았다
혼란에 빠진 철학자의 사유처럼
덧없고 어두운 바닷가 빈집
남루한 상념에 젖어 돌아서니
저만치
수염 거친 사내가
개펄을 건너는 게 보인다

바위산

식어가는 바람결
잠자리 몇 마리 가벼이 날고
풀벌레 기진해서 운다
나의 날개는 무겁다
머무는 곳마다 추락하면서
들꽃의 키만큼 살리라 하니
바위산이
한 구석 내주며
앉으라 한다

새벽 오솔길

여기가
충청도 괴산 어디쯤이더라
사람 지나간 흔적이 없는 오솔길
깔린 낙엽 부드럽게 딛고 가는데
아직 잠에 겨운
두어 마디 산새 뇌까림

잡목림 위로 우람하게 서 있는
산이 너그럽다
불면
불면
밤새 뒤척이던 생각 몇 잎에
우수수 바람 스치는데

다리 아프도록 걸어가서
되돌아올 수 없을 만큼 외로운 지점을
나는
그리움의 사원(寺院)이라 부른다
이따금 둥둥 북소리 울리는……

메아리

야아
둘러싼 산들이 수런거린다
야아 임마
성깔 돋구어 소리지르니
산들이 지그시 눈을 감는다

초겨울 햇살에 눈 찡그려 멀리 보면
속 빈 목청의 개가 짖고
아래 마을 폐가에서 걸어나온
봉두난발의 허깨비가 신발을 끌어
갈잎 밟히는 소리

숨어서
받아줄 이 없는
고함만 지르며 살았나보다
아아아 허전하게 눈을 감으니
사방에서 헤매이는 내가 보인다
야아
야아 임마
산들이 일제히 껄걸 웃는다

산야일기(山野日記) 1

1
옥천 하계리 정지용시인 생가 마당에
청석교 돌판이 놓여 있다
엉뚱한 지상에 복원(復元)된 다리 밑에는
그늘진 세월이 답답하게 살고 있다
사립문에 자물쇠 잠그고
썩은 실개천 곁에서
막걸리 세 잔을 마셨다
시인이란
아무리 기다려도 오지 않는
길 떠나는 사람
정지용시인은 아직도 행방불명이다

2
정지용시인은 죽향초등학교(옥천공립보통학교) 교실에
있었다
창문으로 들여다보니
맨발의 어린 지용이
교실문을 막 나가고 있어 얼굴은 볼 수 없었다

지용시인 얼마나 발이 시린가요
지금은
좋은 신발 신고 살아도
동상에 걸리는 세월이랍니다

　　3
막지 마라
가는 길 막지 마라
그러나 세상엔
지용시인 헤매던 옥천땅
구진벼루 깎아지른 벼랑같이
아름답게 막는 것도 있다
수려한 구진벼루 절벽 끼고
흐르는 물길 따라가다가
외딴 마을로 들어섰다
밤이 깊어 별이 시처럼 반짝이는
캄캄한 마을이었다

배회(徘徊)

하늘에 별꽃
땅에 들꽃
무거운 세상사 검은 구름 가리워
볼 수 없다네

밤에는 별꽃
낮에 들꽃
이유없는 사랑의 가벼움 아니면
만날 수 없어

오늘도
산골짜기만큼 적막하게 살았다
시 한 줄 속의
보채는 익명이 되어
별꽃 어딨니
들꽃 어딨니
막막하게 그리움

낙엽의 행방

산천초목의 입김은
이미 차갑고 초라하다
진저리치면서 여미는 옷깃 틈으로
먼 산 그림자 스며들고
늦은 가을
독약보다 더 푸른 하늘 밑에서
함부로 살아가는 인생이
어쩌랴 그렇게도 생각한다
낙엽
다리가 아픈 곳에 머물러
산사람이나 될까

곡선(曲線)에 대한 상념

오늘은 이상하다
비둘기가 보이지 않는구나
건너편 성당 숲에서 하늘까지
하늘에서 혜화동 분수가 있는
잔디밭까지
부드러운 선으로 날으던 비둘기
거리가 갑자기 삭막하다
곡선으로 사는 것은
모두 살륙되는 도시
너에게 아껴 돌아가던 마음길
내 허공의 풍경소리였던 사람도
가버렸으니
비둘기
곡선으로 사는 내 상징아

혜화동 낙엽

낙엽이 어깨를 툭 건드리고
떨어진다
너는 무엇의 낙엽이냐

비둘기떼가 날아올라
혜화동성당 위로 선회하다가
우수수 떨어진다
까칠한 영혼의 입술로 주문을 외던
사람들이
표표히 떠오른다
비둘기도, 사람도, 낙엽이 되어
까마득한 눈을 뜨고
거리에 딩군다
사치스런 욕망을 버린 삶의 분신
낙엽은
이름과 기억을 남기지 않는다
무거운 세상에서
하얗게 빈 이야기의 가벼움
오솔길 걷듯이 살면
낙엽의 일생이 보인다

행복의 색깔

고호의 황금빛이 눈부십니다
베어진 볏단이 가지런한 논바닥
아스팔트길에 널어놓은 벼를 피해
자동차들이 조심스레 비켜 갑니다
맘씨 좋기로 소문난 홍씨 부부는
녹두단을 두드려 알곡을 텁니다
주름살 웃는 얼굴이 보기 좋아요
뜰 한 켠 맨드라미꽃이
얼굴 붉히며 다소곳한데
산새가 삐용삐용
단풍 어우러진 숲속으로 날아가요
마당 멍석에 펼친 벼 낟알을
손바닥으로 부드럽게 쓸어 봅니다
햇살이 더 밝아지고
청명한 가슴이 멀리까지 푸르러서
그늘이 없는 세상
하늘, 햇살, 홍씨 부부, 세상이 고마워서
든든해지는 행복감
고맙습니다
정말 고맙습니다 하나님

굴렁쇠 꿈꾸기

신나게 달린다. 가난한 맨발이 되어 굴렁쇠 굴린다.
하늘 보며 달리면 꿈이 숨차지 않다. 구름 지나 바람이
잔가지 사이에서 휙휙 휘파람 부는 겨울숲 지나
돌팍에 튀어오르며 굴렁쇠 굴린다. 맨살 발목으로 달린다.
흔들리는 갈대의 무리를
지나 머리카락 날리면, 웃저고리도 벗겨져 제멋대로
어깨춤 추며 사라진다. 맨살 가슴 바지춤 잡고
눈발 속으로 들어간다.

아름다운 무질서 눈발의 춤. 하얀 웃음소리 휘파람소리.
숲의 주민 바람아 눈발 다 모여라. 굴렁쇠 멈추마.
굴렁쇠가 눕는다. 먼 산이 눕는다. 맨발이 눕는다.
질주가 눕는다. 눕는다……

또 한 번의 굴렁쇠 꿈꾸기
탁자 위의 물컵을 본다
소년처럼 마신다
어디까지 왔나
내 굴렁쇠는 어디에 누워 있니
오늘의 일기예보는
회색하늘이다.

세계지도 앞에서

창밖에 겨울비가 내린다. 벽의 세계지도 앞에 선다. 세계 앞에 서면 다리가 아프다. 세계지도 한가운데 대한민국… 서울… 구석진 곳… 내가 있는 곳에 점 하나 찍는다. 나는 점이 되었다.

점이 담배를 태운다. 세계가 매캐하다. 점은 지금 외롭다. 또 하나의 점을 찍는다. 너는 누구의 점이냐. 점이 슬로우 비디오로 달려오는 너였음 좋겠다. 어느 여름날 경기도 가평군 이화리에서 만났던 반딧불이의 점, 점이 세계 밖으로 나와서 점… 점… 점… 반짝이며 무한공간을 날아간다. 반딧불은 구두소리를 내며 오지 않는다.

점은 혼자다. 세계지도 한가운데서 찍힌 점이 창밖 겨울비 몸살끼에 시달린다. 세계가 매캐하게 기침을 한다. 점이 외로우면 세계가 텅빈 기침을 한다. 어쩔 수 없이 나는 세계적 점 하나다. 얼굴이 없는……

산야일기(山野日記) 2

계곡만큼 깊은 허기를 안고
산구비를 돌았다
햇살을 되쏘는 눈길에서
굶주림을 쪼아 먹는
작은 산새의 환청을 들었다
산구비 돌아 또 구비구비
순수의 짐승이 부시시 일어나는
기척이 들렸다
산중턱에 바람이 몰아치는
눈보라 일고
파랗게 얼어붙은 하늘에
매 한 마리가 연(鳶)처럼 떠 있었다
한없이 목마른 길은 어디까지
나는 지치고 배고픈 짐승이 되어
외롭고 깨끗했다

어둠스케치 1
— 태백 폐광에서

모두 떠났다
랜턴모를 벗어 절망의 무덤으로 쌓아놓고
가난의 유형자들은 뿔뿔이 흩어져 갔다
통근버스는 문이 열린 채 암담한 짐승이 되어
갱목더미 옆에서 떠날 줄 몰랐다
슬레이트 지붕 밑 맨바닥엔
라면을 먹다가 떠난 광부의
마지막 젓가락이 뼈처럼 놓여 있다
눈물겨워라
그들은 삶의 패잔병
광부들의 백기는 까맣게 흐르는 눈물에 젖어
흔들어도 소용이 없었다
파란 하늘 겨울산에 둘러싸인 폐광에
녹슨 바람이 서성인다
광부들은
그림자 하나씩 이끌고
진폐증에 쿨룩이며 사라졌다
남은 것들은
모두 컴컴했다

어둠 스케치 2

청풍마을 새벽닭 연이어 운다
밤새 초겨울 비에 시달린
외등 조을고
험한 구름떼 사이 청남색 하늘
예리한 별빛이
가슴을 찌른다
깨어서 어둠의 길을 가라
지난밤 악몽 속에서
사내가 낫을 갈았다
추위에 떨면서 녹이는 삶은
따뜻한 비애로 날을 밝히는
삶의 원근법.

겨울 보름달

피 말리며 살다가 베어진
얼굴 하나가
중천에 물끄러미 떠서
낯을 붉힌다
목덜미 소름이 별만큼 총총한
삭막한 사내가
중얼중얼 주정처럼 달을 보면서
그늘진 골목으로 사라진다
겨울밤을 건너가려니
차가운 이마를
어디에 기댈 것인가

창가의 포인세치아

한 해가 저문다
포인세치아
사는 게 캄캄해서
무릎도 깨지고
마음도 누더기가 되었지만
실패의 등불과 견딤의 따뜻함으로
이 해도 정말 열심히 살았다
내 곁을 떠난 얼굴마저
변함없이 소중하게 사랑하면서…
내 순수의 열정
포인세치아
눈시울 붉게 물들어
삶의 빛과 어둠을 생각한다

3부

농무시대(濃霧時代)

지독한 안개로구나
모든 것이 모호하다
둥둥 떠다니는 얼굴이
히죽 웃고 사라진다
우린 모가지가 없는 원혼들이야
목이 잘리고 썩은 바람의
숨결만 남았어
우리의 진짜 생각은
말짱 헛거야

안개 속에서 내미는
창백한 손
우린 괴기소설보다 으시시하다
증오보다 빨간 입술
불길 파랗게 노려보는 눈
우정 사랑 진실…… 다 유령이 되었어

농무(濃霧) 속에서

얼굴이 불쑥 나타난다. 너는 누구의 혼자냐.
너는 혼자를 빙자한 떼거지다. 너의 떼거지를 만나는 건
악몽이다. 사실적 꿈이다. 너는 누구의 수상한 그림자냐.
네 손금을 보여다오. 네 지문을 보여다오.

차디찬 안개의 손. 정체불명의 손은 음산하다.
떼거지는 막강하다. 정체불명의 단합은 막강하다.
짙은 안개가 흐른다. 막강한 흐름이다. 보이지 않게
장악하는 힘이다. 거역할 수 없는 흐름에 떠내려간다.
속수무책이다. 속수무책이 내 혼자의 힘이다. 둥둥둥 혼
자 버티는 북소리다.
분명한 내 손금에 꽃불 켜면서, 내 삶의
지도 같은 지문에 꽃불 켜면서, 가위눌린 정신을 깨우는
아 나는 진짜 혼자다.

우화(寓話)

길바닥에서 싸움 말리다가 폭행범으로 몰려
경찰서 유치장에 갇힌 적이 있지.
깊은 밤 잠복근무 마친 형사들이 철창 앞을
지나면서 한 마디씩 했다. '오늘은 몇 마리
들어왔어?' 그 말을 듣자 나는 온몸에
털이 수북히 난 짐승이 되었다.

털이 난 건 모두 억울한 사람이다.
개도, 소도, 돼지도, 말도 모두 억울한 사람이다.
햇살은 해의 털이다.
달무리는 달의 털이다.
별빛은 별의 털이다.

내 몸에 햇살이 돋혔음 좋겠다. 달무리가
들렸음 좋겠다. 별빛이 초롱초롱했음 좋겠다.
나는
억울하게 살면서
털이 빛나는 짐승이 되어 어슬렁거리는
순한 사람의 편이다.

새를 날리는 사내의 손

새를 날리며
자꾸 놓아주며 걸어가는
사내의 손

어딘가 날아가서 살아라
해오라기는 푸른 물길 따라
희게 날아라
뻐꾸기는 한적한 강촌 뒷산에서 울고
소쩍새는
안개보다 엷게 내리는 안개비 속에서
달무리 핏빛에 젖도록 사무치거라

풍속이 사나운 사람들이
떼지어 몰려다니는 거리에서
새를 날리는 사내의 손
다 큰 사람의 동화 같은
마음의 새가
푸드득 푸드득 날아간다

화산을 꿈꾸며

나는 높이로 살지 않는다
새우잠 자면서
낮게 낮게 잠꼬대하는
은밀한 목숨이다
초라하지만 뜨거운 적의(敵意)의
새우잠
낮은 산맥처럼 웅크리고 눕는다
외로운 만큼 뜨거워지는 살기로
모두 태워주마
환한 용암으로 무찌르면서
너희들 허상의 높이를 휩쓸어주마
다 살라진 화산재의
마을 빈터에
무심하게 흔들리는
들꽃의 눈길이 되어
낮은 것을 용서하면서
하늘을 자꾸 닦는
새우잠

눈물에 대하어

　　1
누군가 내 살갗에 그은 상처는
아물지 않았지만
어느때였던가 순하게 흘리던
네 눈물의 기억 때문에
표독스럽던 손톱도
내 그리움의 하나가 되었다
눈물은 많은 것을 용서받는다
눈물은 많은 것을 녹인다
눈물을 변조하지 마라
눈물마저 의심하는 것은 인간 몰락
그런데, 우린 이따금 몰락한다

　　2
심혼의 즙이 맑게 걸러져
마음 속 어딘가 고인 샘
아니면, 방황하던 원초적 무의식의
아름다운 응결
냉혹한 벽이 되어

내 앞에 서슬 푸르게 선다 해도
너의 순수한 눈물
인간의 냄새만으로도
나는 무너져 내린다

귀가

비스듬히 들어오는
저물 무렵의 사양(斜陽)
하루 중 가장 철학적인 시간
모든 살아있는 것들이
먼지를 털며 생각에 잠긴다
소리를 내지 않으리
발길을 탕진하던 거리에서 돌아와
가만히
있다

황사바람

황사바람 심하다
은박지 오려놓은 듯 창백한 태양
뿌옇게 윤곽이 흐린
산이 쿨럭인다
집들이 쿨럭인다
대륙에서 불어오는 황사바람
그쪽도 풍속(風俗)이 험한가보다
사람들이 쿨럭인다
세상의 호흡이 답답하다
우린 서로에게 황사바람
우린 서로 때문에 숨이 답답하다
봄꽃이 지고
봄꽃이 피는
봄날이 쿨럭인다
그러니
어쩌니
황사바람 씻은 듯 개일 때까지
외출금지

공명(共鳴)

돌층계 앉아 있으려니
절 처마 끝에
풍경

흐린 날 개인 날 천백 번에
낮은 바람
풍경

댕그랑 댕그랑 길 떠나서
쏘다니다가
싱겁게 쳐다보는 사람
눈매 허전해서
빈 세상 데불고 사는
풍경소리
괜히 억장 메인다

山寺
풍경
뎅그랑 뎅그랑

흐리고 바람 센 날

구름떼가 몰려 간다
북한산 인수봉 쪽으로
그 너머 거리낄 것 없는 하늘벌판으로
구름이 마구 달려간다
무엇이 되어 가느냐고 묻지 마라
무엇이 되지 않은 채 달리다가
숨차면, 몇 줄기 눈물 같은
비나 뿌릴까

빨래가 춤을 춘다
옥상 빨래줄에 널린 빨래가
구름떼 몰려가는 하늘 배경으로
바람의 춤을 춘다
어디에 가고 싶은 춤이냐고 묻지 마라
훠어이 훠어이 맨손 빈몸의 가벼움으로
놓여나고 싶을 뿐이다

비 뿌리는 마음
목마른 춤을 추는 시선으로 펄럭이면서
창밖을 내다보고 있는
망망한 오후.

갈대의 잠

황량한 들판에 사는 갈대가
어수선하게 휘젓는 바람 등살에
서걱인다
평화 같은 잠은 어데 있나
잠결인 듯
마음 깨어 있어
잠자리라
잠자리라
눈까풀 떨면서
고단한 세상살이 겪고 있다

불면의 잠 속에서
시끄럽게 사는 갈대가
휘파람 부는 무더기 바람에
솨아 솨아 휩쓸리면서
몽롱하게 노래 부른다
'어지럽지 않은 세상 없었지만
지금 어지럽다
눈 감고 외면한 그리움마저
바람 불어 시끄럽다.'

지하철 서정

깊은 동굴 속에서
두 눈에 환한 불을 켠 짐승이
튀어나와서
나를 잡아 먹었다
짐승 안에는
컴컴한 인생을 숨긴 사람들이
눈을 감고 있었다
독하게 살아가는 시민을 삼킨 짐승이
구토에 몸서리쳤다
사람들이 뱉어지고
나도 튕겨져 나와 층계를 올라갔다
지상에 나와서
머리 풀고 헤매는 꽃샘바람 손톱에
목덜미를 할퀴었다
쓰리고 추워서
피가 나도록 따뜻해지고 싶었다
누구였더라
아득한 여인이 생각났다

손톱 유감(有感)

여우가 파낸 무덤에서 나온
손톱을 본 적이 있지
죽은 색깔의 손톱은 끔찍했어
생살에서 떨어져 나온 손톱
그대의 손톱은 무고하신가
파랗게 눈 뜨고 덤비는 손톱
곧추 세운 너의 손톱은
어느 무덤에서 나온 비인간이냐
여우야
여우야
무덤을 파지 마라

손톱을 다듬는다
우선 생살이 건강해야지
놀 빛깔의
투명하고 고운 손톱
신선한 피가 도는 생살의
꽃그늘 같은 손톱
그대여 나에게 손을 다오
향기로운 악수를 다오

세모(歲暮)의 거리
— 실직자

사내가 성냥불을 켠다
어둠이 성냥불을 에워싼다
성냥불 속에서 목이 잘린 통닭이
뒤뚱 뒤뚱 걸어나온다
나는 목이 잘렸어
내 목에서 진한 어둠이
처형 당한 목숨이 새고 있어
성냥불이 꺼진다
사내가 또 성냥을 긋는다
난 전의(戰意)를 잃었어
성냥불 속에서
빈 성냥갑을 쥔 손이 나온다
또 한 사내가 투항했다
깡소주를 독약처럼 마신 사내가
성냥불 꺼지듯 눈을 감는다
죽기 전에 이미 죽은 삶들이
도시의 이곳 저곳 모퉁이에서
성냥불을 켜고 있다
새해가 오겠지

성냥불보다 더 미지근한 새해가 떠오르겠지
나를 닮은 목잘린 통닭이
성냥불 속에서 걸어나오겠지
너는 내 털을 다 뽑고
목을 잘랐어
한 해가 다 저물어가는 골목 어귀에서
사내가 비스듬히 모로 눕는다

4부

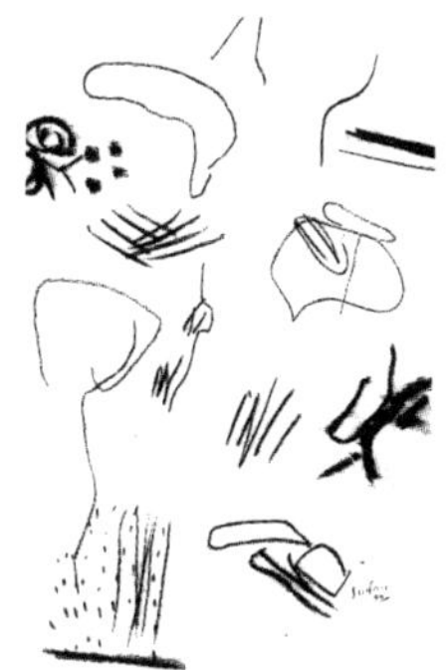

책상을 정리하며

버릴 건 다 버리고
물걸레로 빈 책상을 닦는다
얼룩진 세월을 닦으면서
꽃보라치던 날
빈 책상 앞에 앉았던
스물여섯살을 회상한다

삼십여 년 지나
인생을 청소하듯 비운 책상 앞에서
앙상한 말 한 마디 건진다
'공허하지만 뜨거운 내 자유'

먼지 투성이가 되어
창 아래 산수유나무를 내려다본다
빨간 열매들이 깔깔 웃는다
나는 하얗게 웃는다
빈 들판을 걷는 자의 쉼표 같은
바랜 웃음이 가슴 속에 분다

이월 하늘 기품있게 늘어선

자작나무숲에 까치가 날다……
눈부신 슬픔도 많았지
이제
세월에 스치우는
김기림, 윤곤강, 이상의 시비(詩碑)가 있는
교정을 지나, 교문을 나서서, 올림픽아파트
길을 따라
난민촌 같은 꿈 하나 마련한
시인의 일상 속으로 들어가야 한다

눈을 감으면
벌써 잊혀지기 시작하는
빈 책상이
까치가 되어 꽃샘바람 속으로
날아가는 게 보인다

연필로 쓴 일기

삼십여 년 몸 담았던 직장을 버리고
일상으로 돌아와 연필을 깎는다
타인의 조명으로 얼룩진
지난 날의 내 희미한 그림자와
나를 길들이고 뼈마디에 문신을 새겼던
숱한 너희들의 이름을 깎다가
아차 손가락을 베었다
피가 흐르는 아린 손가락
거짓없이 번져오는 통증에
꽃불을 켜면서
선명한 핏방울을 본다
피에 젖은 심지에 타오르는 꽃불의 춤
나의 원시(原始)
목마를 적마다 목말랐던
삶의 바램을
연필로 쓴다
연필 글씨처럼 따뜻하게 지워지는 건
절망이 아니다

기억 한 조각

소년이 그네에 앉아 흔들리고 있다
노목사님이 빙그레 웃으면서 지나가고
호랑이 종치기 아저씨가
막 문을 나서고 있다
교회 뜨락 구석진 담에는
나팔꽃 줄기가 꽃 달고
하늘로 하늘로 올라간다
첨탑 십자가가
코발트색 하늘에 평화롭고
고추잠자리떼 날개를 반짝이며
날고 있다
아버지 잃어 슬픈 소년이
창안을 드려다본다
아무도 없이 텅빈 기도실에서
은은한 성가가 흐른다
세상에서 가장 아름다운 환청
소년이
천천히 돌아선다

홍천강에서

기차타고 배 타고 왔습니다
여기는 홍천강
달무리 고운 강변
모닥불 불티가 날리는 걸 보면서
아름답게 실패하지 않으면
언제나 멸망하면서 살아야 하는
시인의 길을 생각합니다
불티는 수없이 허공에 스러지고
먼 별빛 하나가
유난히 밝습니다
주님의 말씀은 너무나 먼 별빛
어리석은 삶의 길이
실패한 시처럼 괴롭습니다
소쩍새 우는 검은 산이
등뒤에 엎드려 있습니다

숲의 노래

맑은 물이
바위 안고 돌아갈 데로 간다
여울지는 물소리가 무어라는지
목청 밝다
미움만은 품지 말자 다짐하면서도
미운 게 많았던 속마음이
부끄럽다

바람의 입술이
바람의 꺾인 곳을 쓰다듬는
숲속의 냇가
부드럽구나 이 곳의 풍속은…

맑은 물이
햇빛을 튕긴다
아 목마른 평화
찢어져 펄럭이는 삶의 누더기

사랑하라
사랑하라
냇물이, 바람이, 물에 뜬 흰구름이
고요히 속삭이며 가슴을 씻는다

작은 행복감

꼭대기층 서재에서
능선에 우뚝 선 백운대 인수봉을
바라본다
여름날 뭉게구름이 피어오르고
구름 사이 하늘바다에
돛폭 부풀린 배가 떠간다
고요 속에서
숨결이 가벼웁고
마음이 어리석어서 찾지 못했던
어딘가 푸른 진리의 나무와
만나고 싶다
거짓이 아닌 말로 중얼거리며 걷는
산책 같은 삶
욕심 없는 얼굴에
나부끼는 미소
초라한 일상에도
이따금 찾아오는
행복의 조각이 있다.

의식주(衣食住)

마음결 곱게
네 속에 내가 들어갈 수 있고
너 또한 내 속에 들어와서
외롭지 않다면
우린 서로 따뜻한 집이다

사랑하라 하셨으니

고통도 같이 나누면
맛있는 밥이다

사람아
부드러운 목소리로 불러
내 차가운 이마를
어깨에 기대게 하니

너의 언어는
내 심성을 곱게 가꾸는 옷이다

폭우에 대한 상념

비의 게릴라들이 거리를 휩쓸고
내려 꽂히는 비화살이
강물에 가담하여
함성으로 달렸다
무너뜨려라
급류가 뇌성 번뜩이며 질펀하니
파랗게 질린 사람들은
헐벗은 목숨이 되어 어쩔 줄 몰랐다
무엇을 가져갈 것인가
세기말의 표정으로
멍청하게 뜨는 눈망울
집이 깨지고
산이 무너져 내려
살아있는 것들의 숨통을 막았다

진노하심이어
두려움이어
그러나, 빈 손의 생명 사람들은
쓰레기만 남기면서도
채우기에 바쁘구나
어찌 살아남을 수 있겠는가

궂은 날

검은 구름이 마구 달리고
천둥이 우르릉 우르릉 깊숙한 소리로
세상을 흔든다
무성한 숲이 사나운 바람에 쏠리는구나
두려워라 번개치는 하늘이 두려워라
작은 새 가슴이 되어
빗줄기에 갇혀서
얄팍하게 가리웠던 마음
발가벗겨져 숨을 곳 없다
천둥치는 예언
번개치는 하늘
섭리의 뜻 앞에 흔들림이 되어
빗줄기에 떨면서
세기말처럼 어두운 대낮에
초라하게 웅크리고 있다

출구(出口)

열린 창문으로 작은 새 한마리가 들어왔다
당황한 새가 벽에 부딪고 가구에 부딪고
파득이며 날다가
구석진 곳에 지쳐 앉았다
작은 가슴이 콩닥콩닥 뛰는 게 보인다

새야 나가거라
방문 창문 다 열어 놓고
밖으로 나왔다
잠시 후 실내에 들어가니 새가 없다
어디선가 새소리가 들렸다
새가 바깥 지붕 위 텔레비전 안테나에 앉아
지저귀다가 날아갔다

세상엔 벽이 많다
잘못 들어간 벽 사이에서
이리 부딪고 저리 깨진다
자유롭게 살아가는 오늘이 고마와라
지금 이 순간이 고마와라

나에게 창문을 열어 날 수 있게 하는
따뜻한 손의 전지전능이어
그 힘의 두려움을 생각하면서…

깊은 밤 냇가에서

말씀이 하늘 가득히 별이 되어 빛납니다
흐르는 물소리 어둠 속에 시들지 않는
노래가 됩니다
은밀하게 열린 마음의 귀여
어지러운 세상사에 찌든 온갖 소리 이기며
깊은 생각에까지 닿습니다

밤하늘의 뭇별과
돌틈을 돌아 흐르는 냇물에
한 가닥 맑은 심성이 되어 앉아 있습니다
진정 살아있게 하는 뜻과 말씀이여
별이 많기도 해라… 물소리가 맑기도 해라…
잔잔한 평화가 되는 세상입니다.

꽃보라 속에서

우이동 뒷산 넘어가다가
꽃나무 밑에 잠시 쉬려니
한 줄기 바람결에
꽃잎은 저리도 화사하게 흩날려
나도 꽃보라치는 마음이다
하지만
때묻어 누더기 마음으로
아름다운 세상 다스리지 못하는 삶
부끄럽고
부끄러운데
꽃향기는 마음 깊이 스며든다
누가 나를 향기롭다 할 것인가
거짓으로 꾸민 내 모습
한 그루의 참된 꽃나무로 서고 싶다
꽃향기 없을지라도
빈 가지 속임없이 흔들리는….

과즙(果汁)을 마시면서

너는 향기로운 사과처럼
앉아 있다
그런데, 내가 흔들린다
가늘게 날 선 초승달 때문에
초겨울 밤하늘이 오스스 떨듯이
너 때문에
내 가슴이 흔들린다
가슴이 설레이는 건 불편하다
아스라이 날아가는 노을 속 새 한 마리
그런 저물녘
너는 흔들리는 담배연기 너머에서
과즙처럼 웃고 있다
아 지금
누구인가
내 앞에 있어서
네가 향기로워서
내가 흔들리고 있다고
말할 수 있음 좋겠다

두레박

어릴 적 서울 통의동에 있는
우물은 깊고
어둠이 가득 고여 있었다
두레박을 던지면
젖은 밧줄은 긴장한 어둠의 무게로 팽팽했다
길어 올린 두레박엔
하늘이 철철 넘쳐서 맑게 부서졌다
두레박에 입을 대고 마시면
시장끼에 말랐던 뱃속에서
하늘이 출렁거렸다

세월 지나 기억의 우물에
두레박을 던진다
두레박이 까마득히 떨어지고
끊어진 밧줄 끝에서
허전한 손아귀가 목마르다
두레박은 이제 올라오지 않는다
허리를 구부리고
사막의 냄새가 캄캄한

우물 속을 헤매듯이 내려다본다
바닥에
물고기 형상의 뼈가 누워 있다

또 다시 표류를 꿈꾸며

전환점

흘러와서 꽤 의미있는 전환점에 이르렀다. 고단하게 많은 것과 부딪치며 흘러와서 새로운 표류를 꿈꾼다. 오랜 직장생활에서 풀려나서 새 시집을 펴내는 것은 나에게 중요한 전환점이 된다. 왜냐하면, 그것은 오랜조직사회 생활에서 잃었던 인간적 사유적 원형(原形)을 복원하는 계기가 되기 때문이다. 시인의 본성인 자유에의 갈증과 직장이라는 조직사회의 속성은 상호배반적 갈등을 낳게 마련이다. 적응하고, 예속되고, 자기 의지를 깎아 전체에 던지며 지내오면서 일상적으로 한없이 거역하던 탈조직사회적 근성은, 인간이 본질적으로 자유의지의 존재이기 때문일 것이다. 잘 버텨왔다는 안도감과 함께 지난날의 구속감에서 빨리 헤어나야 한다고 생각하면서 시집을 엮었다. 이제 새로운 표류를 시작하면서 탈환해야 할 삶과 시의 명세를 꼽아본다. 시와 함께 흘러가는 세월은 내가 택한 길에 대한 열정을 뒤척이게 한다. 다섯 번째 이 시집은 그런 의미에서 감회가 깊고 애틋하다. 앞으로 나의 시적 폐활량은 더 커져야 하고, 사유의 굳은 살은 부드러워져야 하며, 편견과 혼돈에의 익사를 경계하면서 시적 자유로움의 경지를 더욱 치열하게 개간해야 할 것이다. 무엇보다도 단순·가벼움의 시세계를 넘겨다보는 시도를 계속할 것이다. 어떤 픽션보다도 풍요한 삶의 미학적 실체를 위해 자기 반역과 잠적의 표류를 감행할 것이다. 그것을 내가 나에게 열망한다. 삶의 모호성에 도전하면서 그 윤곽을 규명하는 과정에서 시화(詩化)하는 작업은 고통스러운 행복감에 젖게 한다. 가장 인간적인 시쓰기를 계속하면서, 나는 무모하게 많은 것을 외면할 것이다.

개인적 가치

시인은 보편적 상식과 상식적 현실의 소외자일 수밖에 없다. 시를 쓴다는 것은 이에서 일어나는 갈등과의 싸움을 거느리며 사는 것이다. 시인은 일상의 불완전성에 대한 인식차원에서 더 영속적이고 높은 세계를 지향한다. 체험과 현실과 상상력, 가시적 세계와 비가시적 세계, 의식세계와 무의식세계… 시인은 광활한 영역의 군주이며 창조적 주체다. 시인은 인간의 최대가치를 자아라는 개인을 통해 추구하는 탐욕스

러운 순수고행자이다. 개인은 존재와 삶, 미의식과 사회전반
에 대응하는 가치기준의 척도이다.

자신이 설정하는 개인적 가치는 고독하다. 보편적 가치의
눈금에 의존하는 세태의 결속에서 개인의 가치는 이탈적인
것일 수밖에 없다. 그렇게 시인은 보편적 가치의 진부함과
잠정성에 동의하지 않는 독자성을 지닌다. 시인은 개인적 가
치의 수행자이지 보편적 가치의 예속자가 아니다. 그렇게,
시인은 보편적 가치의 기준으로 해명되지 않는 불가해한 존
재이다. 시인을 함부로 재지 말라. 보편적 가치의 눈금은 너
무 잠정적이고 가변적이다. 나는 당신들의 도식(圖式)에 맞
추기엔 너무 복잡하다. 나는 설명되지 않는 삶의 궤적을 계
속 그려 나아갈 것이다.

시의 진실

아직까지 내 시에는 현주소가 없다.

아직 표류중이다. 나는 내가 설정한 가치적 신념에 의한
끊임없는 변신을 꿈꾼다. 시의 흐름과 성격에 대하여 자기
검증이 없다면 그것은 변신이 아니라 변절이다. 나는 끊임없
이 변신을 시도한다. 나는 시에 대한 시선을 끌기 위해 문패
를 달지 않는다. 나에겐 정착보다는 과정이 소중하다. 깨어
짐이 없는 변신은 없다. 나는 정신의 피를 흘린다. 표류자의
정체로 후줄근하게 생환하는 소속망실의 아웃사이더… 아직
은 그렇다.

혼돈의 현실에서 지리멸렬하면서도 분열되지 않는 시의식의 축(軸)에서 시의 진실은 싹튼다. 허영적 시의식을 제거하고 허위적 장식을 벗겨버린 시에 시의 진실이 있다. 이즈음 허위적 조작성의 시, 상업주의 냄새가 풍기는 시와 자주 만나게 되면서 시의 진실은 더욱 절실한 문제로 떠오른다. 그렇게 나는 절실한 시, 단순·가벼움의 시에 바짝 접근한다.

시는 회의와 갈등의 연속에서 추구하는 바를 밝히는 빛의 속성을 갖는다.

그 빛은 가치이며 미의식의 구체화이며 궁극적으로 시가 있어야 할 이유가 된다. 본성적인 것과 인위적인 것의 교묘한 융합에서 이루어지는 미학적 관념에도 시의 진실은 빛난다. 그런데, 원초적 자아와 현실에 조응된 혼란스러운 자아의 괴리에서 나는 얼마나 진실할 수 있는가?

시의 생명성

나는 언제나 말한다. 시는 던져서 충돌하게 하는 것이 아니라고. 시는 미풍이고 폭풍우이며, 불이고 얼음이다. 시를 쓰면서 가장 두려운 것은 시의 무력증이다. 시의 대상에 생명을 불어넣는 힘이 시인의 힘이다. 그러기 위하여 시를 쓰기 위한 생명적 존재가 되어야 하며 생명적 접근양식을 터득해야 할 것이다.

이즈음 문제성을 제기하기 위한 이색적 소재주의 시가 만연하고 있다. 이색적인 것과 새로운 것에는 큰 차이가 있다.

이색적인 것은 기존적인 데서 찾아내거나 추출한 것이며, 새
로운 것은 창조된 것이다. 시가 생명적 파장을 지니기 위해
서는 창조성의 에너지에 힘입어야 할 것이다. 나는 소재주의
적 이색성을 선호하지 않는다. 시는 생명적 파장으로 긴장감
을 잃지 않아야 할 것이다. 낡고 일상적인 것도 시로 재창조
되면 새로운 것이 된다. 그런 관점에서 나는 얼마나 많은 각
성을 해야 하는가?

자연에 대하여

자연은 자연물의 고향이며 미학의 동산이다. 자연을 떠난
삶이란 있을 수 없으며, 자연이 개입되지 않은 관념 또한 있
을 수 없다. 나는 줄곧 서울에서 살아왔기에 도시적 발상과
생리에 물든 시에 가까울 것이다. 그러나 도시적 삶보다 더
원초적인 것은 자연성의 존재로서의 삶이다. 나는 도시적인
발상을 자연에 귀속시킨다. 자연 또는 자연성에 이입(移入)
된 도시적 시의 발상과 도시현장에 용해시킨 자연성이 서로
교감하고 용해되는 시에 친밀감을 느낀다. 내 시의 귀소본능
(歸巢本能)은 자연을 향한다.

2000년 12월

윤강로

비어 있음의 풍경

글쓴이 / 윤강로
펴낸이 / 孫貞順
펴낸곳 / 모아드림

1판1쇄 / 2001년 1월 8일
서울 서대문구 북아현3동 180-22
전화 / 365-8111~2
팩시밀리 / 365-8110
E-mail / morebook@netsgo.com
http://www.morebook.co.kr
등록번호 / 제2-2264호(1996.10.24)